1
SCENARIO
KOUSHUN TAKAMI
DESSIN
YUKAI ASADA
BATTLE ROYALE
ENFORCERS

BATTLE ROYALE
ENFORCERS

1

SOMMAIRE

Chapitre 1	Les sirènes	003
Chapitre 2	Punition	071
Chapitre 3	Ton ami	103
Chapitre 4	Un démarrage en douceur	135
Chapitre 5	Brouillage radar	167

Il s'agit d'une nouvelle création basée sur le roman *Battle Royale* (écrit par Koushun Takami).
Le manga *Battle Royale* (illustré par Masayuki Taguchi) est disponible en 8 volumes aux éditions Soleil Manga en France.

Chapitre 1
MESSAGE À TOUS LES ÉLÈVES DE L'INSTITUT. LE JOUR DU GRAND NETTOYAGE SEMESTRIEL DE L'ÎLE EST ARRIVÉ.
FLOLOLOLOLOLOLOP
JE COMPTE SUR VOUS ET VOTRE ARDEUR À LA TÂCHE...
INSTITUT DE LA RÉPUBLIQUE D'EXTRÊME-ORIENT
DORTOIR A

POUR FAIRE RESPLENDIR CETTE ÎLE QUI PREND QUOTIDIENNEMENT SOIN DE VOUS.
OUI !
2de F Vie de classe
Le grand ménage !!
SISTER !
Chapitre 1
Les sirènes

DADAP
HAA !
HAA !
HAA !

POURQUOI JE CAVALE COMME UN DÉRATÉ ?
BAH, PARCE QU'AUJOURD'HUI, C'EST LE 1ER JUIN ! LE JOUR DE MON ANNIVERSAIRE !
ET QUE KUNIMITSU, UN DE MES MEILLEURS POTES...
M'A PRÉPARÉ UNE MÉGA SURPRISE !
Watanabe Kunimitsu
2de F N°42 (Groupe 8)
ÉVI-DEMMENT, J'IGNORE CE QUE C'EST !
ET FAUT AVOUER...
QUE CE PETIT MYSTÈRE...
C'EST VACHEMENT EXCITANT, NON ? ALORS, JE FONCE !

Sakamoto Rion
2de F N°15 (Chef du groupe 8)

LE GRAND MÉNAGE, TU PARLES ! ON ARRACHE JUSTE LES MAUVAISES HERBES...
TSS... ÇA GROUILLE D'INSECTES, EN PLUS...
PAF
FINISSONS EN VITESSE, ET TIRONS-NOUS D'ICI.
MOI, JE SUIS BIEN, ICI.
T'EN RAMES VRAIMENT PAS UNE, SÉRIEUX !
ÇA ME GAVE...
MMH ?
ARRÊTEZ DE LAMBINER.

ET METTEZ-Y UN PEU PLUS D'ENTRAIN.
PFF...
C'EST BEAU DE FAIRE PARTIE DU CONSEIL ÉTUDIANT.
TU PEUX FAIRE LA LEÇON DANS TON BEL UNIFORME BLANC.
LAISSE BÉTON... POUR EUX, ON N'EST QU'UNE BANDE DE MERDES...
C'EST ÇA, D'ÊTRE DANS UNE CLASSE F.
ALORS, ÇA SERT À RIEN DE SE PRENDRE LA TÊTE À BOSSER CORRECTE-MENT.
Kinugasa Shûji
2de F N°7 (Groupe 8)

VUSH
VUSH
TOUT ÇA, C'EST LA FAUTE DE CETTE FOUTUE ÉLITE…
QUI GÈRE LE TRUC EN DIVISANT LES CLASSES À SA CONVENANCE.
Mizuhara Takeru
2de F N°35 (Groupe 8)
MÊME EN PRISON, C'EST PLUS ÉQUITABLE.
INSTI-TUT
DE LA RÉPU-BLIQUE
D'EX-TRÊME-ORIENT
COLLÈGE
LYCÉE

ON A RÉUSSI À ARRIVER JUSQU'ICI SANS SE FAIRE CHOPER…
OUAIP.
MAIS ON FAIT QUOI MAINTENANT ? AVEC LES CAMÉRAS DES COULOIRS, C'EST FOUTU D'AVANCE !
RELAX, MEC.
ÇA ME FAIT GRAVE PLAISIR QUE T'AIES UN CADEAU POUR MOI, MAIS BON…
TU M'EMMÈNES OÙ, À LA FIN ? ON EST CENSÉS FAIRE LE GRAND NETTOYAGE…
DEUX MECS DU MÊME GROUPE QUI SÈCHENT, ÇA CRAINT.
JE SAIS, JE SAIS…
MAIS C'EST JUSTEMENT PARCE QUE TOUT LE MONDE EST OCCUPÉ QUE JE PEUX METTRE MON PLAN À EXÉCUTION.
C'EST UNE CHANCE QUE JE DEVAIS SAISIR !
ADMIRE UN PEU.

BAH... C'EST QUOI, CE BORDEL ?
DU HACKING !
J'AI REMPLACÉ LES IMAGES DES CAMÉRAS PAR D'AUTRES AFIN QU'ON PENSE QUE LE BAHUT EST VIDE !
FAIS PAS CETTE TÊTE ! C'EST JUSTE TA MAUVAISE INFLUENCE QUI A FINI PAR DÉTEINDRE SUR MOI...
EN ROUTE !
HA... HA HA...
DIS, SÉRIEUX, ON VA OÙ COMME ÇA ?
TU CROIS PAS QU'IL EST TEMPS DE ME LE DIRE...
VOILÀ, ON Y EST !

* ENSEMBLE MUSICAL COMPOSÉ DE CUIVRES ET DE PERCUSSIONS.

ÇA, C'EST LÀ LIGNE DE BATTERIE DE SUZIE Q DE CREEDENCE CLEARWATER...
TAC
DAM
DAM
TAC
NOTRE PAYS A DÉCRÉTÉ UE LE ROCK ÉTAIT UNE "MUSIQUE ENNE-MIE"...
ET CELLE-LÀ, C'EST CELLE DE I DON'T MIND BIG, SIGNÉE THE BIG FIGURE, LE BATTEUR DE DR. FEELGOOD...
OUI, J'AVOUE ...
OIS, TU 'ÉCOU-TES ?
ÇA ENVOIE DU LOURD, PAS VRAI ?!
EN MÊME TEMPS, ÇA MONTRE BIEN QUE LE PARTI UNIQUE AU POUVOIR SE SENT MENACÉ PAR LA "PENSÉE DÉCA-DENTE"...
JE TE L'AVAIS DIT ! MON VIEUX AVAIT RÉUNI TOUT ÇA EN DOUCE, APPA-REMMENT.
C'EST TOUT CE QU'IL ME RESTE DE LUI.

IL ME DISAIT TOU-JOURS...
"DE L'AUTRE CÔTÉ DE CET OCÉAN, À L'ÉTRANGER, IL Y A PLEIN DE MUSIQUES DIFFÉRENTES ET DES MORCEAUX DE ROCK AUSSI COOL QUE CEUX-LÀ."
ALORS, UN JOUR... J'IRAI LÀ-BAS ET JE DE-VIENDRAI BATTEUR !
JE FORMERAI UN GROUPE QUI DÉCHIRE ET JE VIVRAI À LA FORCE DE MES BAGUETTES...
C'EST PAS GRAND-CHOSE, MAIS C'EST MON RÊVE ! MON GRAND RÊVE !
T'AIMES VRAIMENT ÇA, HEIN ?

T'ES VRAIMENT UN BON GARS !
JE SUIS FIER DE T'AVOIR COMME POTE !

EUH, MERCI... PAR CONTRE, T'AS PAS DE DOUBLE GROSSE CAISSE, VU QUE C'EST UNE BATTERIE DE BRASS BAND...
ET PUIS, MOLLO SUR LES ÉTREIN-TES !
DERNIÈRE CHOSE, T'AS QUE 15 MINUTES POUR FAIRE MUMUSE !
AUCUN SOUCI...
ÇA SUFFIRA LARGEMENT !

BWAF
OH, NEGISHI !
DASH
EST-CE QUE ÇA VA ?!
SPASM
HAYA-SAKA…
QUE SE PASSE-T-IL ? C'EST INTO-LÉRABLE…
ZYEUT
DÉ…
DÉSOLÉE…
C'EST PEUT-ÊTRE UNE INSOLA-TION…
IL FAUT L'ÉVACUER D'ICI…

CONSEILLER HAIJIMA...
JE SUIS HAYASAKA, DÉLÉGUÉE SANTÉ DE LA CLASSE F...
EST-CE QU'ON PEUT LA CONDUIRE À L'INFIRMERIE ?
Hayasaka Aoi
2de F N°27 (Groupe 8)
...
BON, S'IL LE FAUT... MAIS TU T'EN CHARGES SEULE...
LES AUTRES, RETOURNEZ À VOS TÂCHES !
TU PEUX MARCHER ?
OUI... DÉSOLÉE, HAYASAKA...
FAUT PAS, VOYONS ! ALLONS-Y !
INSTITUT
DE LA RÉPUBLIQUE
D'EXTRÊME-ORIENT
COLLÈGE
LYCÉE

ÇA VA MIEUX, ON DIRAIT. ENCORE DÉSOLÉE.
T'EN FAIS PAS, L'IMPORTANT C'EST TA SANTÉ !
ET PUIS, J'ÉCHAPPE AU NETTOYAGE !
MÊME SI HAIJIMA AVAIT PAS L'AIR RAVI, LUI...
JE DÉTESTE LES MEMBRES DU CONSEIL ÉTUDIANT...
COMME ILS APPARTIENNENT À L'ÉLITE, ILS REGARDENT TOUT LE MONDE DE HAUT.
QUE VEUX-TU, C'EST COMME ÇA... SISTER ÉTANT L'UNIQUE PROFESSEUR DE L'ÉTABLISSEMENT...
CE SONT EUX QUI SONT CHARGÉS DE GÉRER ET DE SUPERVISER LES TÂCHES ADMINISTRATIVES À SA PLACE...
DU COUP, ILS SONT PEUT-ÊTRE OBLIGÉS DE SE MONTRER STRICTS, JE SAIS PAS...
JE T'ADMIRE, HAYASAKA...
TU ES TELLEMENT GENTILLE...
ALLONS, ALLONS...
N'EXAGÉRONS RIEN !
OUPS, J'OUBLIAIS... FAUT QUE J'AILLE TE CHERCHER À BOIRE À LA CANTINE !
DAP

FIOUUH...
CLAM
J'AI DU MAL AVEC LES COMPLI- MENTS...
ÇA ME MET MAL À L'AISE...
MMH ?
SALLE DE MUSIQUE
TAM
TAM
TAM
...
TAM
TSS
TATAM
C'EST QUOI, CE BRUIT ?
TOUT LE MONDE S'AFFAIRE AU GRAND NETTOYAGE, IL NE DEVRAIT Y AVOIR PERSONNE DANS LE BÂTIMENT...
TSS
TAM
TSS
TAM

TAM
TSS
TSS
TATATAM
TATAM
DAM
DAM

HEIN ?
MAIS C'EST SAKAMOTO, LE CHEF DE GROUPE !
J'HAL-LUCINE ! IL SÈCHE LE GRAND NETTOYAGE ?!
MINUTE, CE QU'IL JOUE, LÀ... C'EST DE LA MUSIQUE INTERDITE !
MAIS ALORS... LA RUMEUR COMME QUOI...
IL AURAIT AT-TERRI ICI APRÈS AVOIR JOUÉ DE LA MUSIQUE INTERDITE LORS D'UN FESTIVAL À SON ANCIENNE ÉCOLE...
BOBOM
BOBOM
SERAIT DONC VRAIE ?
GNUP

PAS POSSIBLE ! WATANABE EST LÀ, LUI AUSSI…
SI JAMAIS ILS SE FONT ATTRAPER, C'EST TOUT LE GROUPE QUI SERA TENU POUR RESPONSABLE…
…
EN TOUT CAS…
BOBOM
JE DOIS AVOUER QU'IL ASSURE…
BOBOM
BOBOM
ZWIP
BOBOM
VRAAT
HEIN ?!
DOTOM
DAM
DADAM
AH…

HA... HAYASAKA !!
NE... NE T'INQUIÈTE PAS, JE NE DIRAI RIEN À PERSONNE.
MAIS TU FERAIS MIEUX DE PAS T'ÉTERNISER, SI TU VEUX MON AVIS...
ON T'ENTENDAIT UN PEU.
AH, OUPS...
O... OK...

BON, ON M'ATTEND AILLEURS ! À PLUS !
DAP
消火器
BAH... ON VA PAS TARDER NON PLUS...
OUAIP.
JE N'AVAIS PAS ENCORE EU TROP L'OCCASION DE LUI PARLER, MAIS...
HAYASAKA SEMBLE ÊTRE UNE CHIC FILLE...
JE SAIS BIEN QU'ILS ONT FAIT UNE BÊTISE, MAIS...
CETTE MUSIQUE... ÉTAIT VRAIMENT GÉNIALE !

LAISSE-MOI T'AIDER, NINOMIYA.
TAP
BAS LES PATTES !
YAMA-SHITA...

ALORS COMME ÇA, ON FAIT DU GRINGUE AU MEC D'AIHARA ?!
T'INQUIÈTE, MA BELLE... ON VA FAIRE EN SORTE QU'ELLE S'APPROCHE PLUS DE YAMASHITA !
...
CE PLAYBOY D'OPÉRETTE VOUS LE CONFIRMERA !
C'EST QUOI, CES SALADES ? J'AI RIEN À ME REPROCHER, MOI...
HA HA...
ZYEUT
HEIN ?! REVIENS ICI ! ET DEMANDE PARDON À AIHARA, ESPÈCE DE TRAÎNÉE !!

J'AI JAMAIS EU BESOIN DE COURIR APRÈS LES MECS, MOI.
ALORS, ÉPARGNEZ-MOI VOS DÉLIRES À LA NOIX !
Ninomiya Hikaru
2de F N°23 (Groupe 1)
SALE GARCE ! JE TE DÉTESTE !
GRAB
T'APPROCHE PLUS DE MON YAMASHITA !
T'ES PAS FAITE POUR LUI !

VAP
KUNI-MITSU...
GRAB
NINOMIYA N'A RIEN FAIT DE MAL !
C'EST À TOI DE T'EXCUSER !
BAAF

POUR QUI TU TE PRENDS, NULLI-MITSU ?!
ME TOUCHE PAS !
TU ME DÉGOÛTES !
...
MINUTE, JE LES RE-CONNAIS...
C'EST LA BANDE QUI HARCELAIT KUNIMITSU AU COLLÈGE !

VASH
!!
J'AI INTÉGRÉ CE BAHUT AU LYCÉE, J'IGNORE CE QUI S'EST PASSÉ ENTRE VOUS AU COLLÈGE...
MAIS LUI, C'EST UN VIEUX POTE À MOI... ALORS, PAS TOUCHE !

SWAT
...
...
KUNIMITSU, ALLONS-Y !
HEIN ?
MAIS, JE...
OUI, ÇA ME REVIENT... ILS SE CONNAISSENT DEPUIS L'ENFANCE...
KUNIMITSU M'EN AVAIT PARLÉ...
ELLE A L'AIR MÉCHAMMENT BALÈZE...
FLAP
FLAP
FLAP
...
?!
GWOOOSH
C'EST QUOI, ÇA ?
?!

BROROROROM

KYAAAH
UN... UN SÉISME !!
ET UN BIG, EN PLUS !!
EN POSITION DE SÉCURITÉ, VITE !
KYAAAAAH

BROOOOOOOOM

BROROM
BROM
BROM
ÇA... ÇA S'EST CALMÉ...
TOUT VA BIEN, MEC ?!
OUI... IL ÉTAIT COSTAUD, CELUI-LÀ...
PAS DE BOBOS, HEIN ?
NON... ÇA VA...
À CE MOMENT-LÀ, NOUS ÉTIONS LOIN DE NOUS DOUTER...

WIIIIIIIIIIIIIIIIIIII
DE LA SIGNIFICATION DE CES SIRÈNES QUI COMMENÇAIENT À RETENTIR...
WIII

CECI EST UN MESSAGE D'URGENCE !
QUE TOUS LES ÉLÈVES SUIVENT LES CONSIGNES DES CONSEILLERS ET REJOIGNENT DANS LE CALME LEURS CLASSES RESPECTIVES SITUÉES DANS L'ABRI SOUTERRAIN DE L'ÉTABLISSEMENT.
JE RÉPÈTE ! CECI EST UN MESSAGE D'URGENCE !
QUE TOUS LES ÉLÈVES SUIVENT LES CONSIGNES DES CONSEILLERS ET REJOIGNENT DANS LE CALME LEURS CLASSES RESPECTIVES SITUÉES DANS L'ABRI SOUTERRAIN DE L'ÉTA-BLISSEMENT.
VOUS AVEZ TOUS ENTENDU ?! NOUS ALLONS NOUS RÉFUGIER DANS L'ABRI SOUS LE GYMNASE !
DANS LES SITUATIONS D'URGENCE COMME CELLE-CI, IL FAUT SE MONTRER RAPIDES ET DISCIPLINÉS ! COMPRIS ?!
OUAIS, OUAIS...
IL A L'AIR DE KIFFER ÇA, ON DIRAIT...
LE SÉISME A CAUSÉ DES DÉGÂTS, C'EST ÇA ?
DÉPÊ-CHONS-NOUS.
BON ALLEZ, FAISONS CE QU'IL DIT...
O... OUI...
...

CECI EST UN MESSAGE D'URGENCE ! QUE TOUS LES ÉLÈVES SUIVENT LES CONSIGNES DES CONSEILLERS ET REJOIGNENT DANS LE CALME LEURS CLASSES RESPECTIVES SITUÉES DANS L'ABRI SOUTERRAIN DE L'ÉTABLISSEMENT.
CECI EST UN MESSAGE D'URGENCE ! QUE TOUS LES ÉLÈVES SUIVENT LES CONSIGNES DES CONSEILLERS ET REJOIGNENT DANS LE CALME LEURS CLASSES RESPECTIVES SITUÉES DANS L'ABRI SOUTERRAIN DE L'ÉTABLISSEMENT.
WIIIIIIIIIIIIIII
WIIII
DAP
DAP
DAP

GWOOOOOM

?!
J'HALLUCINE... ON DIRAIT UNE VRAIE FORTERESSE...
POURQUOI ONT-ILS CONSTRUIT UN TRUC PAREIL ?!
Y A UNE VIEILLE RUMEUR QUI COURT SELON LAQUELLE UNE ÉNORME BASE POUVANT SERVIR DE QG D'URGENCE EN CAS DE CONFLIT MAJEUR AURAIT ÉTÉ CONSTRUITE QUELQUE PART SOUS UN BÂTIMENT DU PAYS.
SI ÇA SE TROUVE, ON EST DEDANS...
DAP
OH ! HÉ HÉ...
J'AI TROUVÉ NOTRE CLASSE !
1-A
JE SUIS TROP FORT !

PREM'S !
VRAAT

...
C'EST VRAIMENT UNE SALLE DE CLASSE...
Groupe 3
LES BUREAUX ONT ÉTÉ REGROUPÉS ET IL Y A DES TABLETTES...
ON S'ASSOIT À NOS TABLES HABITUELLES, C'EST ÇA ?
DAP
DAP

CO... CONSEIL-LER HAIJI-MA...
BROUHA
PRENEZ VITE PLACE ET ATTENDEZ LES INSTRUC-TIONS.
ZAAM
BRAM
BRAM
BRAM
SISTER, JE VOUS LAISSE.
À PLUS TARD...
DAP
DAP
FTOM
GRAB

CHERS ÉLÈVES...
VZM
UNE NOUVELLE FOIS, BONJOUR.
C'EST MOI, SISTER...
ZAM
L'IA DE L'INSTITUT DE LA RÉPUBLIQUE D'EXTRÊME-ORIENT.
BONJOUR À VOUS...
SISTER !

J'IMAGINE QUE LES RÉCENTS ÉVÉNEMENTS VOUS ONT QUELQUE PEU PERTURBÉS.
C'EST POURQUOI JE ME DOIS DE VOUS DONNER QUELQUES EXPLICATIONS.
LA CHANCELLERIE PRÉSIDENTIELLE VIENT DE PROCLAMER **L'ÉTAT D'URGENCE.**
CE QUI A POUR EFFET D'ENCLENCHER **UNE EXPÉRIMENTATION SPÉCIALE** AU SEIN DE NOTRE ÉTABLISSEMENT.
JE VOUS DONNERAI PLUS DE DÉTAILS AU FUR ET À MESURE, MAIS POUR FAIRE COURT...
BROUHA
HEIN ? MAIS ON SORT À PEINE DES EXAMS !
L'ÉTAT D'URGENCE ? IL S'EST PASSÉ QUOI ?
BROUHA
CETTE EXPÉRIMENTATION SPÉCIALE...
BOBOM
ÇA ME DIT RIEN QUI VAILLE...
BOBOM
BOBOM
UNE EXPÉRIMENTATION EN PLEIN ÉTAT D'URGENCE ? C'EST QUOI, CE DÉLIRE ?
EST UN EXERCICE DE COMBAT TRÈS SIMPLE... ENFIN, NON...
PLUTÔT UN EXERCICE DE COMBAT AUX RÈGLES SIMPLISTES.

VOS GROUPES...
VONT DEVOIR...

S'AFFRONTER...
JUSQU'À LA MORT.

LA
MORT
?!

LA SIRÈNE DE TOUT À L'HEURE SONNAIT, EN QUELQUE SORTE, LE DÉBUT DE VOTRE EXAMEN FINAL.
POUR LES DÉCHETS SANS VALEUR QUE VOUS ÊTES...
IL S'AGIT LÀ DE VOTRE ULTIME CHANCE DE RÉHABILITATION.
MÊME SI VOUS ÊTES CONVAINCUS DU CONTRAIRE ET QUE VOUS ÉTUDIEZ D'ARRACHE-PIED...
SACHEZ QU'ON NE CHANGE PAS SI FACILEMENT.
ET SI VOUS NE FAITES PAS L'EXPÉRIENCE DE RISQUER VOS VIES, TOUS LES ENSEIGNEMENTS REÇUS RESTERONT VAINS.
VOILÀ POURQUOI VOUS ALLEZ DEVOIR VOUS ENTRETUER.

LES ÉLÈVES DU GROUPE QUI AURONT SURMONTÉ CETTE ÉPREUVE SERONT CONSIDÉRÉS COMME RÉHABILITÉS...
ET VERRONT, À TITRE EXCEPTIONNEL, LEUR ANNÉE D'ÉTUDE ENTIÈREMENT VALIDÉE.
UNE ÉPREUVE OÙ FAUT... S'ENTRE-TUER ?
C'EST... C'EST QUOI, CES CONNE-RIES ?!
ÇA ME DIT QUELQUE CHOSE.
HEIN ?
IL S'AGIT DU PROGRAMME 68, ABOLI IL Y A VINGT ANS.
ON LE SURNOMMAIT : BATTLE ROYALE.
Maruo Maromi
2de F N°34 (Groupe 7)

C'ÉTAIT UN JEU DE MASSACRE OÙ DES CAMARADES DE CLASSE...
DEVAIENT S'ENTRE-TUER.
MA... MARUO, ARRÊTE DE RACONTER DES TRUCS FLIPPANTS !
BROUHA
...
IL A RAISON, TU METS TOUT LE MONDE MAL À L'AISE !
BROUHA
BROUHA
ZOOON
LEUR GROUPE EST TELLEMENT GLAUQUE.
MAIS TU PENSES QUOI DE SON HISTOIRE ? TU CROIS QUE C'EST LE TRUC DONT PARLAIT SISTER ?
C'EST IMPOSSIBLE, VOYONS ! ON EST DES LYCÉENS !
IL VIENT D'Y AVOIR UN SÉISME ! ÇA DOIT ÊTRE UN EXERCICE EN RAPPORT !
SAUF QU'IL PARAÎT QU'UN GARS A VU UN CHAMPIGNON ATOMIQUE DU CÔTÉ DES TERRES.
T'ES SÉRIEUX ? ÇA CRAINT !
BLA
BLA
BLA

VOUS OUBLIEZ QUE C'EST UNE IA COMPLÈTEMENT OBSOLÈTE QUI NOUS A SORTI ÇA !
RION...
ELLE DÉBLOQUE, C'EST TOUT !
LE PROGRAMME... BATTLE ROYALE ?!
Kogure Kenji
2de F N°11 (Chef du groupe 5)
C'EST DONC ÇA QU'ILS NOUS RÉSERVENT ?
J'Y CROIS PAS... C'EST TROP GROS POUR ÊTRE VRAI !

DAP
GNUP
BAH ?!
LA PORTE EST...
Niigaki Ayumi
2de F N°22 (groupe 5)
SISTER... EXCUSEZ-MOI...
J'AIMERAIS ALLER AUX TOILETTES...
MAIS LA PORTE NE S'OUVRE PAS...
HEIN ?!
...
NIIGAKI !
BLAM

TU PERMETS QUE J'ESSAIE ?
Makibe Ryûto
2de F N°33 (Chef du groupe 3)
CRK
CRK
MA-KIBE...
HIIF
MWIP
MFFFFH !!
GRAB
GNIIIIIIH !!

...
...
IMPOSSIBLE D'OUVRIR.
ON DIRAIT UNE SERRURE ÉLECTRONIQUE.
OH, NON...
ON EST COMPLÈTEMENT...
ENFERMÉS !
VOS GROUPES VONT DEVOIR...
S'AFFRONTER JUSQU'À LA MORT.
WZOM

POUSSE-TOI DE LÀ !
BTOM
JE M'EN OC-CUPE !
Saeki Tomoya
2de F N°12 (Groupe 5)
TU PERDS TON TEMPS, À MON AVIS.
LA FERME !
BTOM
SAEKI...
NIIGAKI...

KBAM
YAAAAAAAH !!
TU T'EN RAPPELLES SÛREMENT PAS, MAIS…
LE JOUR DE LA CÉRÉMONIE D'ENTRÉE…
T'ES VENUE ME PARLER SANS CRAINTE, COMME SI DE RIEN N'ÉTAIT.
PSST
BROUHA
OH, T'AS VU ! ON A LA MÊME COQUE !
TU M'AS SORTI DE MON ISOLEMENT HABITUEL, ET ÇA M'A FAIT UN BIEN FOU !
J'AIMERAIS TELLEMENT POUVOIR DISCUTER AVEC TOI DE TOUT ET DE RIEN, DURANT DES HEURES…
LA… LÂCHE-MOI…

MAIS C'EST IMPOSSIBLE !
BAM
BAM
BAM
OUVRE-TOI, BORDEL !! ALLEZ !!
BAM
FWSSH
T'ES UNE FILLE TROP BIEN POUR UNE RACLURE DANS MON GENRE !
PONK
NGH...
HAA... HAA...
RIEN À FAIRE, ÇA BOUGE PAS...
VOUS ÊTES CALMÉS ?
DANS CE CAS, REGAGNEZ VOS PLACES QUE JE PUISSE TERMINER MON INTERVENTION.
PUTAIN...
GRAB
MAIS...

TU VAS NOUS OUVRIR, SALOPERIE !
POUR TOI, JE SUIS PRÊT À TOUT DÉFONCER !
BRAASH
KRZZZ

HAA
HAA
HAA
KBAAM
HAA
HÉ HÉ... TU FAIS MOINS TA MALIGNE, LÀ !
HAA
HAA
À FORCE DE SOUS-ESTIMER LES HUMAINS, TU VAS FINIR EN PIÈCES DÉTACHÉES, SALOPERIE D'IA !
HAA
ALORS, MAGNE-TOI D'OUVRIR !
KRZ
KRZ
KRZ

NGH...
MES YEUX...
BON SANG...
MMH ?
QU'EST-CE QUI M'ARRIVE ?
SAEKI !!

HEIN ?!
!!
!!
C'EST QUOI, CES CONNERIES ?!
BWISH
QU'EST-CE QUE TU M'AS FAIT, PUTAIN ?!
...

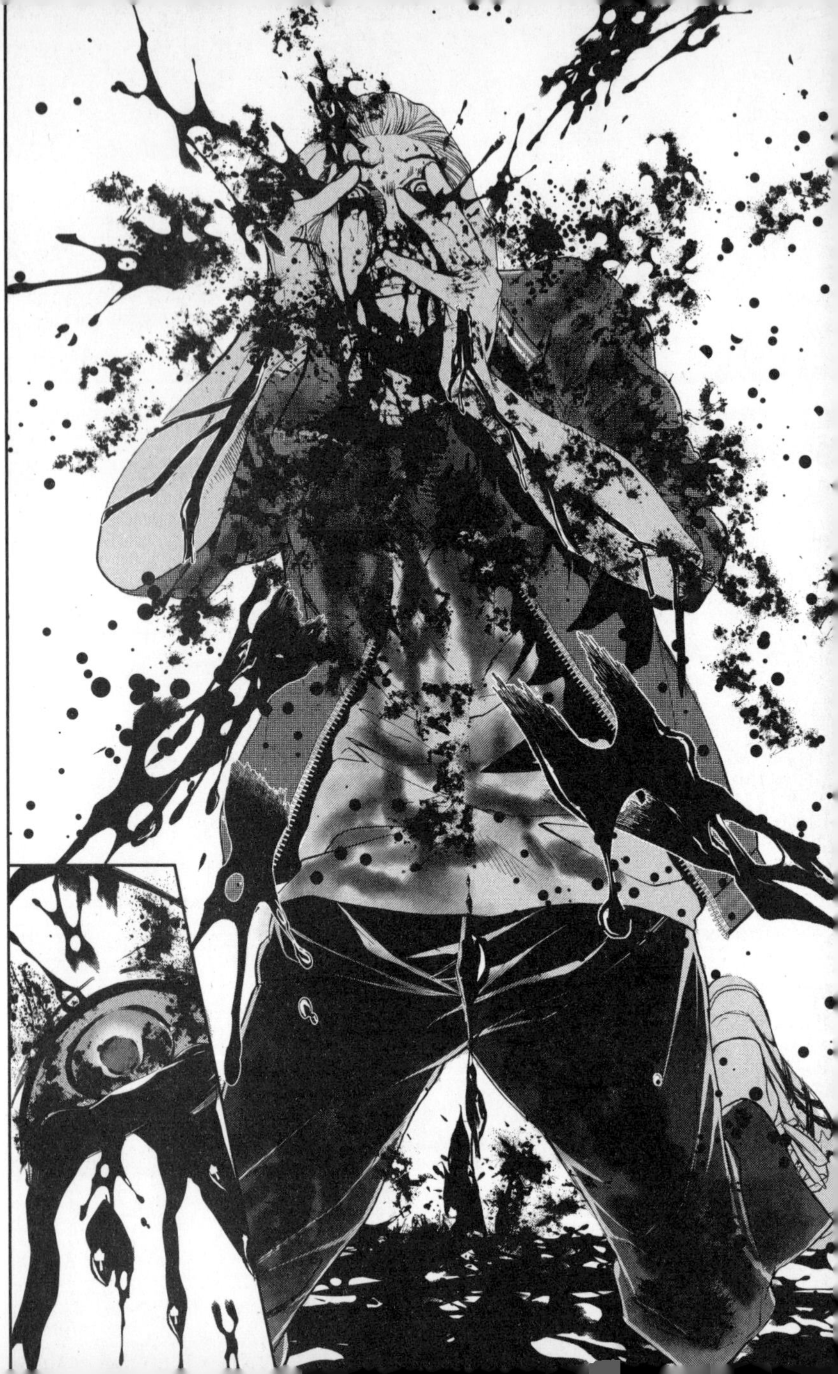

JE...
T'AI ...
ME...
VLAM
AH...
AAAH ...
NII... GAKI...

NOOOOOOOOOOOOOOOOON!!

BATTLE ROYALE
ENFORCERS

Institut de la république d'Extrême-Orient – Section lycée

Liste des élèves de 2de F - 21 garçons 21 filles Total 42

Chapitre 2

Chapitre 2
Punition
2de F N°12 (Groupe 5)
Saeki Tomoya (Mort)

IL...
IL EST
MORT ?

VSSSSSH
BOUH ...
BOU-HOU-HOU...
SWAF
FLAP

...
QU'EST-CE QU'IL LUI EST ARRIVÉ, POUR QU'IL FINISSE DANS UN TEL ÉTAT ?
À MON AVIS, ON L'A EMPOISONNÉ...
HEIN ?
L'HÉMORRAGIE MASSIVE ET LA DESTRUCTION INTERNE DES ORGANES FONT PENSER AU POISON QU'EST LA RICINE, SEULEMENT CE N'EST JAMAIS AUSSI FOUDROYANT.
IL POURRAIT AUSSI S'AGIR DE LA FIÈVRE HÉMORRAGIQUE EBOLA, MAIS J'IMAGINE QU'IL S'AGIT PLUTÔT D'UN NOUVEAU POISON QUE JE NE CONNAIS PAS.
MAIS LA GRANDE QUESTION, C'EST... COMMENT A-T-IL ÉTÉ CONTAMINÉ ?
BRAVO AU PETIT MAKIBE, QUI NOUS CONFIRME QUE SOUS CES MUSCLES, IL Y A AUSSI UN BRILLANT ÉLÈVE !
NOUS AVONS EFFECTIVEMENT INSÉRÉ DANS VOS CORPS UNE PUCE CONTENANT UN POISON MORTEL.
UNE PUCE ?
MAIS DEPUIS QUAND...
SI JAMAIS VOUS ENFREIGNEZ LA MOINDRE RÈGLE OU TENTEZ DE VOUS ENFUIR, VOUS MOURREZ INUTILEMENT COMME VOTRE CAMARADE, MAIS BON...

IL A TRÈS BIEN FAIT, FINALEMENT.
QUOI ?
EN MOURANT AINSI, SAEKI NOUS A FAIT GAGNER DU TEMPS.
CHAQUE GROUPE DOIT EN EFFET COMPTER CINQ MEMBRES AU DÉBUT DE L'ÉPREUVE POUR QUE LES CHANCES SOIENT ÉQUITABLES.
OR, CELUI DE SAEKI EN COMPTAIT SIX. SA MORT EST DONC UN HEUREUX HASARD, VOUS NE TROUVEZ PAS ?
LE HIC...

C'EST QU'IL RESTE…
UN AUTRE GROUPE DE SIX MEMBRES.
?!

!!
HEIN ? POURQUOI ELLE DIT ÇA ?
MAIS J'EN SAIS RIEN, MOI !
...
HÉ ! SISTER...
ÇA CHANGE QUOI QU'IL Y AIT UN GROUPE DE SIX ?
AH, MAIS OUI ! LE GROUPE DE NINOMIYA !!
C'EST AFFREUSEMENT TRISTE, MAIS VOUS ALLEZ DEVOIR VOUS SÉPARER D'UN DE VOS CAMARADES.
JE VOUS LAISSE DISCUTER À CŒUR OUVERT ENTRE VOUS.

VOUS AVEZ CINQ MINUTES POUR DÉCIDER QUI VOUS ÉLIMINEZ DU GROUPE.
!!
ÉLI-MINER... VOUS VOULEZ DIRE TUER ?!
HÉ, OZAWA ! ON FAIT QUOI ?! SISTER BLAGUE PAS, LÀ !!
GNUP
YA...
YAMA-SHITA ...
FAUT SE MAGNER DE DÉCIDER, SINON ON RISQUE DE PRENDRE CHER !
T'ES LE CHEF DE GROUPE ! T'AS PAS UNE PUTAIN D'IDÉE ?!
ÉCOUTEZ... ÇA ME FAIT PAS PLAISIR DE DIRE ÇA, MAIS BON...
ON FERAIT MIEUX DE CHOISIR QUELQU'UN DE MAL INTÉGRÉ AU GROUPE... OU QUI N'A PAS TROP L'ESPRIT D'ÉQUIPE...
Aihara Hatsune
2de F N°1 (Groupe 1)

QUELQU'UN COMME...
NINOMIYA... PAR EXEMPLE...

JE… JE SAIS PAS TROP…
HÉ, NON !
DÉCONNEZ PAS !!
P… POUR MOI, AUCUNE VIE N'EST PLUS PRÉCIEUSE QU'UNE AUTRE… ALORS, S'IL Y A UN CHOIX À FAIRE, IL DOIT ÊTRE IMPARTIAL…
UN… UN VOTE MAJORITAIRE À MAIN LEVÉE ME SEMBLE DONC ÊTRE… LE PLUS APPROPRIÉ…
VOUS EN DITES QUOI ?

JE... JE VOTE POUR NINOMIYA...
ÇA ME FAIT MAL DE CHOISIR QUELQU'UN... MAIS SI ON LE FAIT PAS, QUI SAIT CE QUI NOUS ARRIVERA !
ALORS, AUTANT S'EXÉCU-TER !
BLAM
LE TEMPS PRESSE, ALORS FAITES VOTRE CHOIX, LES AUTRES !
JE... JE...

BOUH… JE…
JE VOTE POUR…
NINO-MIYA…
HAA…
HAA…
HAA…
PA… PAREIL… JE VOTE NINOMIYA…
DÉ… DÉ-SOLÉ… BWEURH…
BANDE DE LÂCHES…
DE-MANDE PARDON À AIHARA, ESPÈCE DE TRAÎ-NÉE !!
HAA…
HAA…
HAA…

SISTER ...
NOTRE CHOIX EST FAIT !

CE SERA DONC NINO...

CHÉRI, FAIS DONC ATTEN-TION !
KBAF
TU AS RENVERSÉ TOUT LE RIZ ! LES ENFANTS NOUS RE-GARDENT !
OUPS, DÉSOLÉ !
C'EST BIEN LUI, REGAR-DEZ ! IL JOUE AU PAPA ET À LA MAMAN !
RAAH, LA HONTE ! TU FAIS GRAVE PITIÉ, NULLI-MITSU !
FALLAIT S'Y ATTENDRE ! C'EST DES CLOCHARDS DANS SA FAMILLE, ILS ONT MÊME PAS DE QUOI LUI ACHETER UNE CONSO-LE !

ALLONS DANS UN AUTRE PARC, LOIN DE CES CRÉTINS.
TU FAISAIS DES TRUCS CHELOUS AVEC NULLI-MITSU, AVOUE !
CO-CHONNE, VA !
GALO-CHER CE BINOCLARD, ÇA DOIT ÊTRE TROP GERBANT !
AMÈNE-TOI, KUNI-MITSU...
HARCELER... C'EST UN DÉLIT ! SEULS LES MINABLES FONT CE GENRE DE TRUCS !
TU N'ES NI "GERBANT"... NI FAIBLE... TU ES UN GENTIL GARÇON QUI A TOUJOURS ÉTÉ LÀ POUR MOI...
NE L'OUBLIE JAMAIS...
TU VERRAS, HIKARU... UN JOUR, C'EST MOI QUI TE PRO-TÉGERAI !

ATTENDEZ, S'IL VOUS PLAÎT !

JE VAIS PRENDRE SA PLACE.

ON PEUT INTER-CHANGER LES MEMBRES D'UN GROUPE, NON ?
JE VOUDRAIS ÉCHANGER MA PLACE AVEC CELLE DE NINOMIYA AFIN DE POUVOIR DONNER MA VIE.
C'EST UNE REQUÊTE TOUT À FAIT RECE-VABLE... CELA PRENDRA QUELQUES INSTANTS, LE TEMPS QUE JE MODIFIE LES DONNÉES...
KUNI-MITSU ...
FUUH
MEC, T'ES PAS SÉ-RIEUX...
KBAM

ARRÊTE TES CONNERIES !! TU VEUX TE LA JOUER PRINCE CHARMANT, C'EST ÇA ?!
TU CROIS VRAIMENT ME FAIRE PLAISIR EN FAISANT ÇA ?!
SI TU MEURS ICI, QUE VAIS-JE GARDER DE TOI ?
JE VAIS TE LE DIRE, MOI ! TOUT CE QU'IL ME RESTERA, C'EST UNE PEINE INFINIE ENCORE PLUS DOULOUREUSE QUE LA MORT !
ET ÇA, JE NE VEUX PAS...
C'EST HORS DE QUESTION !
HIKARU...
PLIC

IL N'Y A NI GENTILLESSE NI BRAVOURE, LÀ-DEDANS !
MAIS JUSTE DE L'ÉGOÏSME !
NE CHERCHE PAS À T'ENFUIR ET AFFRONTE LA RÉALITÉ ! C'EST COMME ÇA QUE TU ME FERAS PLAISIR !

HIKARU
...
JE SAIS...
COM-
PRENDS-
MOI...

DITES, ON MANGE QUAND ?!

J'AI ENVIE DE VOMIR.
FWUT
J'EN AI MARRE DE CETTE BARAQUE.
MAIS PARTIR, ÇA VEUT AUSSI DIRE SE DÉBROUILLER SEULE.
ET POUR ÇA, JE DOIS DEVENIR FORTE... BEAUCOUP PLUS FORTE...
VUP
MMH ?

KUNI-MITSU !! QU'EST-CE QUE TU FICHES LÀ ?!
OFFRANDE
BAH, JE T'AI VUE SORTIR DE CHEZ TOI...
TU ME DE-MANDES PAS CE QU'IL Y A ?
OFFRANDE
MÊME SI JE LE FAISAIS, JE NE POURRAIS RIEN FAIRE...
PAR CONTRE... JE PEUX TE TENIR COM-PAGNIE...

JE SAIS QUE TU AS TOUJOURS VOULU ME PROTÉGER...
ET QU'AUJOURD'HUI, C'ÉTAIT L'OCCASION DE LE FAIRE... ÇA ME TOUCHE BEAUCOUP, MAIS...
SISTER !
PRENEZ MA VIE, PAS LA SIENNE !!
MERCI POUR TOUT, KUNIMITSU...
LE TEMPS IMPARTI EST ÉCOULÉ.

HIKARU!

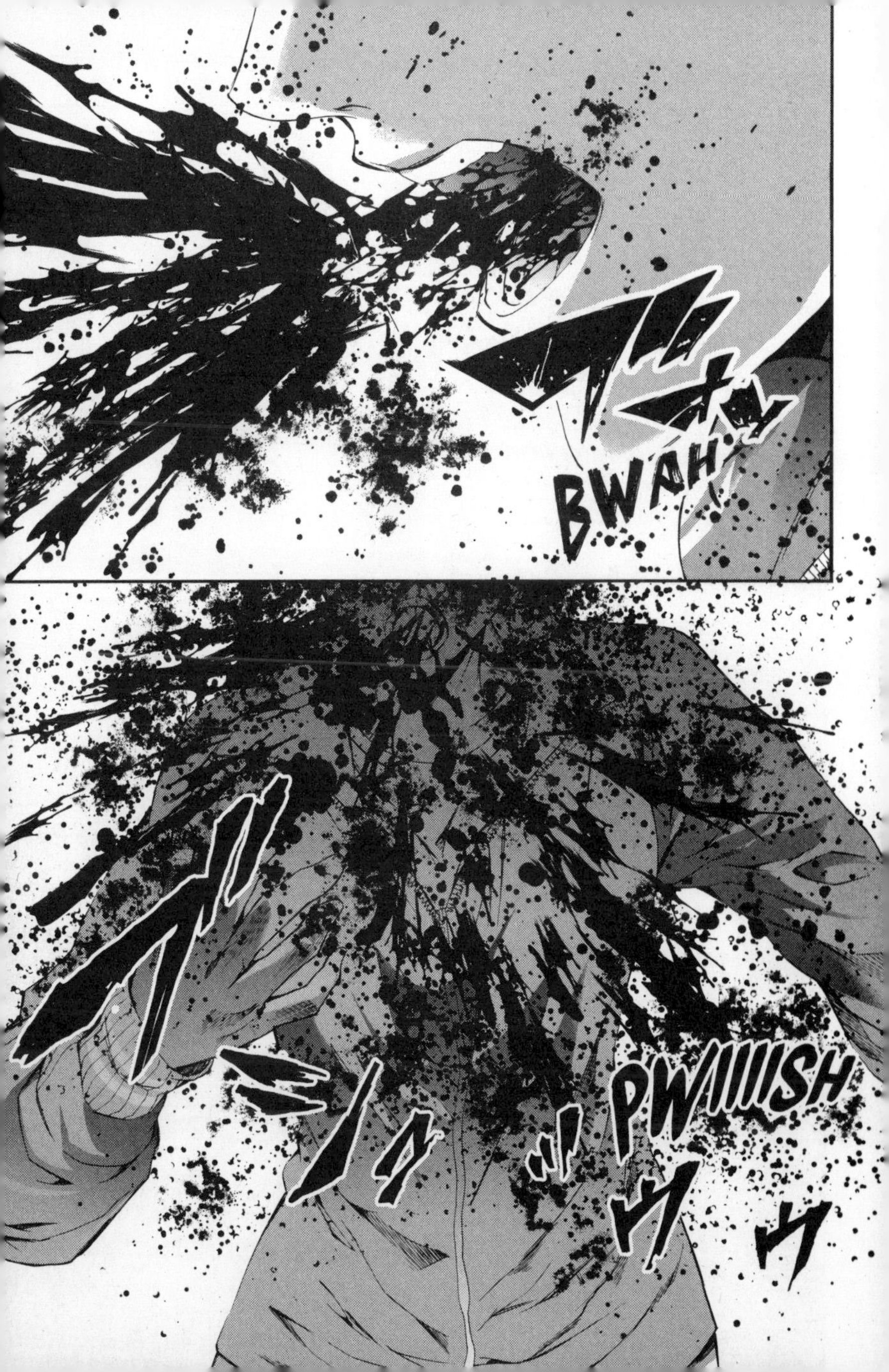
BWAH
PWIIIISH

POU...
POUR-
QUOI,
MOI ?

BATTLE ROYALE

ENFORCERS

Qu'est-ce que la république d'Extrême-Orient, la nation servant de décor à ce récit...

Même si son territoire et sa culture sont assez proches de celles du Japon actuel, l'Histoire de cet autre « pays du Soleil levant », elle, a suivi une trajectoire bien différente depuis son entrée dans les temps modernes. C'est en effet un pays totalitaire dirigé par un parti unique dont la politique est dictée par une idéologie bien particulière, et même s'il se targue d'être une grande puissance économique mondiale grâce à l'export de biens manufacturés de grande qualité, ses mesures isolationnistes régulent drastiquement les voyages à l'étranger de ses citoyens, ainsi que l'accès aux informations et aux produits culturels venus de l'étranger.
Les États-Unis étant un farouche opposant sur la scène politique internationale, la musique rock est tout naturellement considérée comme le porte-étendard d'une culture hostile. Des autocollants marqués « Ne pas utiliser pour jouer de la musique interdite » sont même apposés sur les instruments. Par « musique interdite » on sous-entend bien évidemment tout ce qui aurait la moindre sonorité rock.
(Des enregistrements échappant aux oreilles de la censure circulent néanmoins au sein du grand public.)
Même si l'unique réseau national n'est pas connecté à l'internet mondial, une partie de la population a su trouver des brèches afin de contourner cela. L'éducation idéologique stricte prodiguée par le gouvernement et les féroces mesures de répression telles que l'emprisonnement ou la condamnation à mort n'ont, en effet, pas réussi à éteindre définitivement les voix réclamant l'arrivée de la démocratie, qu'il s'agisse de simples chuchotements entre amis ou de revendications plus assumées d'organisations anti-gouvernementales.
(Il n'est tout de même pas rare que des gens soient arrêtés sur dénonciation de personnes qu'ils pensaient être leurs amis.)

JE SUIS AMOUREUSE DE YAMASHITA DEPUIS LE COLLÈGE...
SORTIR AVEC LUI, C'EST COMME VIVRE UN RÊVE ÉVEILLÉ !
Chapitre 3
JE L'AIME DE TOUT MON CŒUR...
POUR LUI, JE SERAIS PRÊTE À FAIRE N'IMPORTE QUOI...

YAMA-SHITA !
HAA
HAA
NI... NINOMIYA ?
HAA
HAA
HAA

DIS !
POURQUOI T'ESSAIES PAS LES CHEVEUX COURTS, TOI AUSSI ?
ÇA POURRAIT T'ALLER PAS MAL, JE PENSE...
NINOMIYA HIKARU !!

Chapitre 3
Ton ami

VLOM
AIHARA...
GYAAAH ...
AI... AIHARA ...
2de F N°1 (Groupe 1)
Aihara Hatsune (Morte)
QUELLE HORREUR ...

NON ! AIHARA, PAS TOI !!
JE VOUS AVAIS DONNÉ CINQ MINUTES POUR DÉSIGNER UN MEMBRE DU GROUPE.
GNUP
DIS QUELQUE CHOSE !!
CE DÉLAI PASSÉ, J'AI ÉLIMINÉ CELLE QUI AVAIT EU LES PLUS MAUVAIS RÉSULTATS AUX EXAMENS PARTIELS.
LE DÉCÈS DE CETTE ÉLÈVE QUE NOUS CONNAISSIONS TOUS...
ME PEINE ÉGALEMENT BEAUCOUP, SACHEZ-LE.

ZOZOZOM
BIEN, LES FORMALITÉS CONCERNANT LES TRANSFERTS DE WATANABE ET NINOMIYA…
SONT MAINTENANT TERMINÉES.
DE QUOI ?!
NINOMIYA REJOINT LE GROUPE 8…
ET WATANABE, LUI, INTÈGRE LE GROUPE 1.
ALORS, L'ÉCHANGE…
SE FAIT QUAND MÊME ?

KUNI-MITSU, ATTENDS ...
GNUP
C'EST COMME ÇA, LAISSE TOMBER...
NULLI-MITSU REMPLACE L'AUTRE SALOPE, C'EST ÇA ?
AIHARA EST MORTE À CAUSE DE VOS PUTAINS DE CONNERIES !
ARRÊTE, HÔJÔ...
GRAB
JE VOUS FERAI PAYER ÇA, CROYEZ-MOI !

T'EN FAIS PAS POUR MOI, HIKARU. JE M'EN SORTIRAI...
KUNI-MITSU...
RION...
JE TE CONFIE NINOMIYA...

BON, EH, BIEN…
J'AI PASSÉ DEUX MOIS VRAIMENT GÉNIAUX À TES CÔTÉS.
C'ÉTAIT UN PEU COMME UN RÊVE !
ENCORE MERCI !
T'ES SAKAMOTO, LE NOUVEAU, PAS VRAI ? LA COULEUR DE TES CHAUSSETTES, ÇA VA PAS LE FAIRE.
HEIN ?
IL Y A UNE INSPECTION À CHAQUE DÉBUT DE TRIMESTRE… AH, J'AI UNE IDÉE !
C'EST MA PAIRE DE SECOURS… SI ÇA TE REBUTE PAS TROP, ENFILE-LES.
T'ES SÛR ? ÇA T'EMBÊTE PAS ?
AH, AU FAIT ! T'INQUIÈTE, J'AI PAS DE MYCOSES !
DRÔLE DE GUS…

WATANABE... TU NE PORTES PAS DE CHAUS-SETTES ? QU'EST-CE QUE ÇA VEUT DIRE ?
TU SAVAIS POURTANT QU'IL Y AURAIT UNE INSPEC-TION, NON ?
JE ME SUIS LEVÉ TARD, LE TEMPS M'A MANQUÉ...
EH BIEN, QUEL LAISSER-ALLER. TU PASSERAS ME VOIR AU BUREAU DU CONSEIL ÉTUDIANT.
GRAB
KUNIMITSU... T'AS PLEIN DE QUALITÉS, ET JE LES CONNAIS...
ATTENDS... QU'EST-CE QUE TU RACONTES ?
TOI ET MOI, ON VA SURVIVRE À LEUR PUTAIN DE JEU !! OK ?!

BIEN, PASSONS AUX INFORMATIONS CRUCIALES.
QUE CEUX QUI ONT QUITTÉ LEUR SIÈGE LE REGAGNENT PRESTEMENT.
TU SAIS... IL Y A UNE CHANSON DE ÇA... CAROLE MACHIN CHOSE...
CAROLE... KING ?
OUI, VOILÀ ! C'EST ÇA !
DAP
JE ME SOUVIENS ENCORE DE SA VOIX INCROYABLE.
GNUP
J'AIMERAIS BIEN QU'UN JOUR TU ME JOUES CETTE CHANSON.
GNUP

ELLE S'APPELLE : "TU AS UN AMI."

D'AC-CORD ?
ÇA MARCHE, MON POTE...
VEUILLEZ RETOURNER À VOS PLACES.

BON BAH...
"PERMUTATION", HEIN ?
TSS...

VLAP
...
...
BIEN, JE VAIS MAINTENANT VOUS DONNER QUELQUES INFORMATIONS CRUCIALES.

AU LANCEMENT DU JEU, VOS TABLETTES AFFICHERONT AUTOMATIQUE-MENT L'ÉCRAN D'ACCUEIL.
VOUS Y TROUVEREZ DE NOMBREUSES INFORMATIONS SUR LEUR FONC-TIONNEMENT, ALORS N'HÉSITEZ PAS À PRENDRE QUELQUES NOTES SI BESOIN.
...
VOUS POURREZ CONSULTER LES RÈGLES DU JEU...
EN OUVRANT L'APPLICATION APPELÉE : "RULE BOOK".
RB
JE VOUS CONSEILLE VIVEMENT D'Y JETER UN ŒIL DÈS QUE POSSIBLE.
VOUS TROUVEREZ ÉGALEMENT D'AUTRES APPLICATIONS QUI S'AVÉRERONT TRÈS VITE INDISPENSABLES.
Manuel
CES TABLETTES RÉSISTANT À L'EAU, À LA POUSSIÈRE, ET AUX CHOCS VIOLENTS, IL EST RARISSIME QU'ELLES TOMBENT EN PANNE.
OK !
OK !
OK !
NOTRE GOUVER-NEMENT AYANT DÉPENSÉ BEAUCOUP D'ARGENT POUR LEUR FABRICATION, MERCI D'EN PRENDRE SOIN.

LEUR BATTERIE HAUTE CAPACITÉ LEUR ASSURE UNE TRÈS GRANDE AUTO-NOMIE...
MAIS VEILLEZ QUAND MÊME À LES RECHARGER LE PLUS SOUVENT POSSIBLE...
OFF
CAR UNE EXTINCTION RÉDUIRAIT DRASTIQUE-MENT VOS CHANCES DE SURVIE.
UNE PRISE DE COURANT ORDINAIRE FERA L'AFFAIRE.
ELLE NE PARLE QUE DES TABLETTES.
ELLE S'EN REMET À CES MACHI-NES ?
ALORS QU'ELLE EN EST ELLE-MÊME UNE...
BIEN, Y A-T-IL DES QUESTIONS ?
VAP

EST-CE QU'IL Y A UNE PÉNALITÉ SI JAMAIS ON CASSE SA TABLETTE ?
AUCUNE SANCTION N'EST PRÉVUE. NE PLUS AVOIR DE TABLETTE EST DÉJÀ UN TERRIBLE HANDICAP EN SOI.
PAR CONTRE, DÉTRUIRE LES TABLETTES DES AUTRES GROUPES EST UNE BONNE TACTIQUE.
ÉVIDEMMENT, C'EST ENCORE INTERDIT POUR L'INSTANT !

J'AI UNE QUESTION, MOI AUSSI.
ON VA S'ENTRETUER COMMENT ? EN SE COGNANT DESSUS ?
ON VA MONTER SUR UN RING ?
2de F N°29 (Chef du groupe 4)
Hyôdô Jûshirô
VOUS LE SAUREZ BIEN VITE.
?
...?

KBAM
?!?
HEIN ?
BTAM
BTAM
BTAM
...
QU'EST-CE QUE...
MWIP
VLAM

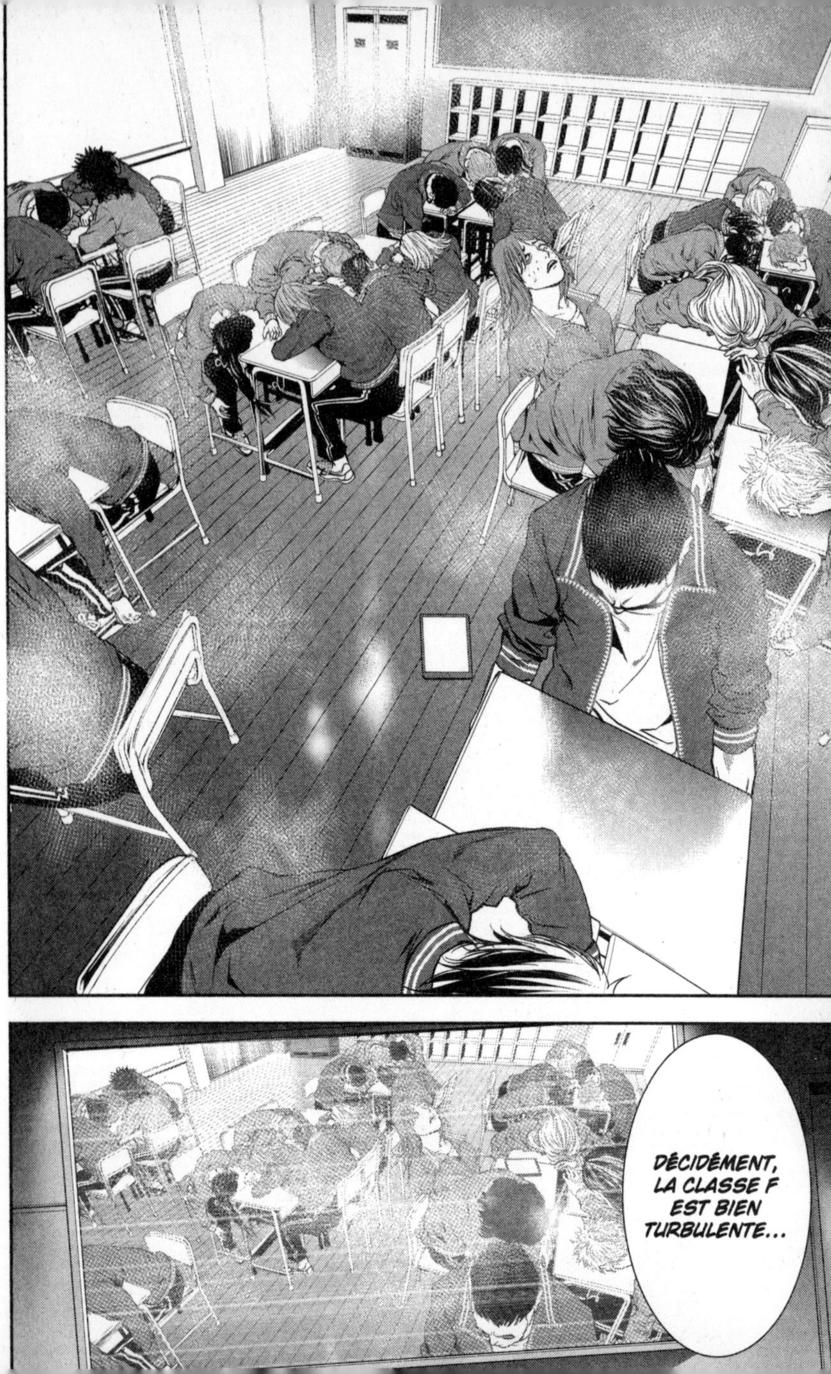
DÉCIDÉMENT, LA CLASSE F EST BIEN TURBULENTE...

ILS SE COMPORTENT TOUJOURS AINSI ?
QUI EN EST LE RESPONSABLE, N'EST-CE PAS ?
SI JE NE M'ABUSE, C'EST TOI...
HAIJIMA...
MALHEUREUSEMENT, OUI.
MAIS JE PENSE QU'ILS SERONT HONORÉS...
DE POUVOIR DONNER LEUR VIE POUR LA NATION.
PFF...
Conseil des étudiants de l'institut de la république d'Extrême-Orient
Section lycée - Seconde F
Assistant pédagogique
Haijima Kaoru (19 ans)
LA NATION, TU DIS ? POUR L'HEURE, C'EST SURTOUT POUR NOUS QU'ILS VONT LE FAIRE.
HÉ HÉ HÉ HÉ...
Délégué des assistants pédagogiques
Higashibi Sada-Akira (19 ans

MOUAAH ...
MMH ?
DWIP
TIENS ? OÙ SONT PASSÉS LES AUTRES ?
AH, BAH... TOI AUSSI, TU T'ES ENDORMI ?
ON NOUS LAISSÉS EN PLAN, JE CROIS BIEN...

KUNIMITSU ?

ZWAP
KUNI...
FAP
MI-PFU...
UU...
CHUUT
ÇA Y EST, T'ÉMERGES ENFIN ?

BON, NE TRAÎNONS PAS !
ÇA A DÉJÀ COMMENCÉ, ON DIRAIT...
FRASH
JE SUIS DÉSO-LÉE...
D'AVOIR PRIS LA PLACE DE KUNI-MITSU...
NINO-MIYA...
NOS TENUES SONT TROP VISIBLES, FAUT QU'ON SE TROUVE D'AUTRES FRINGUES QUELQUE PART.
CHANK
LA PRIORITÉ, C'EST LA TABLETTE, NON ?
PEUH !
GRAB
ZWAF

Ninomiya Hikaru
Hayasaka Aoi
Kinugasa Shûji
AM
2de F Groupe 8 (Sakamoto)
Morts 0 Survivants 5

Mizuhara Takeru
FRSH
ZUP

BON, ET MAINTE-NANT...
CHANK
ON FAIT QUOI, GRAND CHEF ?
Chef de groupe
Sakamoto Rion

BATTLE ROYALE
ENFORCERS

You've got a friend.

BON, ET MAINTENANT… ON FAIT QUOI, GRAND CHEF ?
Chapitre 4
Un démarrage en douceur
C'EST HYPER LOURD ! C'EST UNE VRAIE ?
AU FAIT, OÙ EST-CE QU'ON EST ?
TIENS, JETTE UN ŒIL À LA TABLETTE.
HAYA-SAKA…

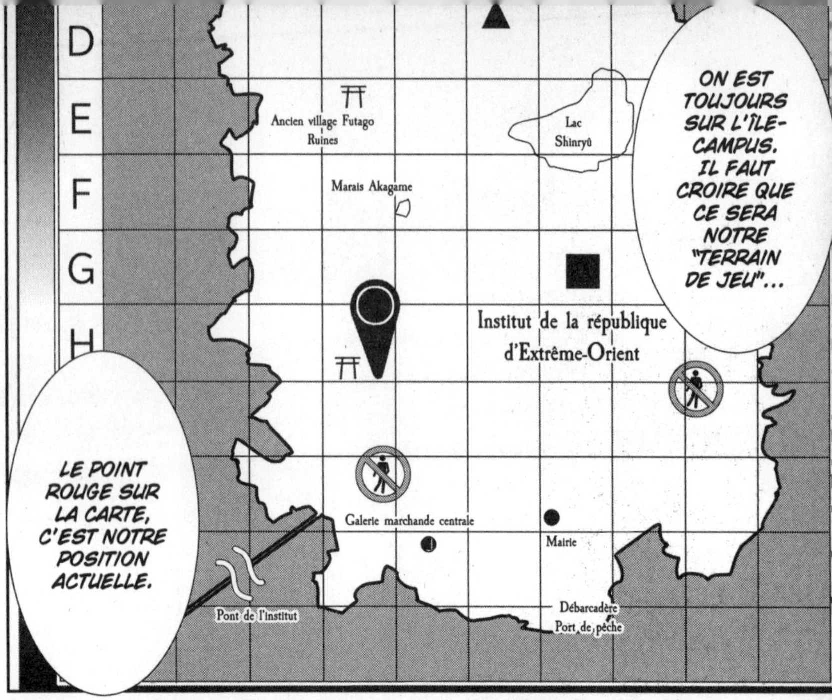

ON EST TOUJOURS SUR L'ÎLE-CAMPUS. IL FAUT CROIRE QUE CE SERA NOTRE "TERRAIN DE JEU"...
LE POINT ROUGE SUR LA CARTE, C'EST NOTRE POSITION ACTUELLE.
D
E
F
G
H
Ancien village Futago
Ruines
Lac
Shinryû
Marais Akagame
Institut de la république
d'Extrême-Orient
Galerie marchande centrale
Mairie
Pont de l'institut
Débarcadère
Port de pêche

JE NE SUIS JAMAIS VENUE PAR ICI, MAIS... JE PENSE QUE L'INSTITUT SE TROUVE À 2 KM, AU SUD-OUEST.
大東亜
等部

JE ME SOUVIENS QU'ON ÉTAIT DANS LA CLASSE SOUTERRAINE, MAIS APRÈS C'EST LE TROU NOIR...
A PRIORI... ILS ONT UTILISÉ UNE ESPÈCE DE GAZ SOPORIFIQUE...
ET DISPERSÉ LES GROUPES DE LA CLASSE AUX QUATRE COINS DE L'ÎLE.
ON NOUS A TRANSPORTÉS TOUS LES CINQ ?
EN VOITURE, OU UN TRUC DU GENRE ?
AUCUNE IDÉE... C'EST MOI QUI ME SUIS RÉVEILLÉ LE PREMIER, MAIS...
Y AVAIT DÉJÀ PLUS PERSONNE...
ON FERAIT MIEUX DE BOUGER UN PEU, ON EST TROP EXPOSÉS, ICI.
EN CHECKANT LES ENVIRONS, J'AI REPÉRÉ UNE VIEILLE BICOQUE ABANDONNÉE.
ET VU QU'ILS VEULENT QU'ON ***S'ENTRETUE*** AVEC LES AUTRES GROUPES...
JE SERAIS PAS SURPRIS QUE L'UN D'EUX SE TROUVE À PROXIMITÉ.

BON, OK...
ON VA FAIRE ÇA...
VUP
EN ROUTE !
DITES, VOUS AVEZ ESSAYÉ D'UTILISER VOS PORTABLES ?
OUI, MAIS SANS SUCCÈS... ON NE PEUT MÊME PAS LIRE LES INFOS...
FALLAIT S'EN DOUTER.

ON A DEUX MITRAIL-LEUSES, UN PISTOLET…
CHAK
UN SET DE BAÏON-NETTES…
CHAK
ET UNE ESPÈCE DE KIT DE SURVIE…
CHAK
EN RÉSERVES DE MUNITIONS, ON N'A QUE ÇA. FAUDRA FAIRE TRÈS ATTENTION À PAS LES GASPILLER.
VOUS CROYEZ QUE LES AUTRES GROUPES DISPOSENT DU MÊME ÉQUIPE-MENT ?
IL N'Y A RIEN D'ÉCRIT À CE SUJET DANS LE *RULE BOOK*…
ALORS AUTANT SE DIRE QU'ILS ONT LA MÊME CHOSE, VOIRE MIEUX…

JE PEUX T'EMPRUNTER LA TABLETTE, DEUX SECONDES ?
OUI… BIEN SÛR.
QU'EST-CE QU'IL FOUT ? POURQUOI IL TAPOTE PAR TERRE ?
AH, ÇA ? ÇA DOIT ÊTRE UN TIC… JE L'AI DÉJÀ VU FAIRE AUPARAVANT…
Enfin, sur une batterie.
BON, VOYONS… SI CETTE PUNAISE MARQUE NOTRE POSITION…
J'IMAGINE QU'IL N'Y A QUE NOUS QUI POUVONS LA VOIR.
OUI, C'EST LIMITÉ À NOTRE APPLI CARTOGRAPHIQUE.

PAR CONTRE, IL Y A UNE AUTRE APPLI QUI INDIQUE…
LA POSITION DES AUTRES ÉLÈVES SI JAMAIS ILS SONT À PROXIMITÉ.
DANS CE CAS, ON DEVRAIT L'UTILISER COMME APPLI PRINCIPALE… JE VAIS CHANGER ÇA…
…
Y A AUSSI UNE APPLI SUR LE MANIEMENT DES ARMES. TU DEVRAIS LA LIRE, TOI AUSSI…
ÉVIDEMMENT, ON PEUT PAS S'ESSAYER AU TIR. ÇA GRILLERAIT NOTRE POSITION.
J'ARRIVE PAS À Y CROIRE…
ÇA A VRAIMENT COMMENCÉ, ALORS…
OUAIP ! ET SE PRENDRE LA TÊTE CHANGERA QUE DALLE À CETTE RÉALITÉ…
ALORS AUTANT COGITER SUR LA FAÇON DE S'EN SORTIR TOUS LES CINQ, ET EN VIE…

ATTENDS… TU VEUX QU'ON OBÉISSE ET QU'ON AFFRONTE LES AUTRES GROUPES ?
ON DEVRAIT PLUTÔT S'ALLIER À EUX AFIN DE TROUVER UN MOYEN DE SE TIRER DE L'ÎLE, NON ?!
LE RÊVEUR EST DE RETOUR… FAUT QUE T'ARRÊTES, SÉRIEUX !
NON, JE REFUSE D'ABANDONNER !
GNUP
TOUS ENSEMBLE, ON PEUT Y ARRIVER !
MAIS J'Y PENSE… C'EST KUNIMITSU, LA SOLUTION !
QUESTION HACKING, Y A PAS MEILLEUR QUE LUI !
AVEC SON AIDE, ON TROUVERA FORCÉMENT UNE SOLUCE…

TU DEVRAIS FAIRE GAFFE AVANT DE LÂCHER CE GENRE D'INFOS...
LA PROF A PEUT-ÊTRE LES OREILLES QUI TRAÎNENT...
DE QUOI ?!
VAP
VAP
ON NOUS ÉCOUTERAIT VIA LA TABLETTE ?
Manuel
ÇA CRAINT... SURTOUT QU'IL Y A UNE CAMÉRA AUSSI...

CE MIZUHARA A L'AIR D'ÊTRE PLUTÔT MALIN.
PARLEZ-MOI DE WATANABE, QUI VIENT D'ÊTRE TRANSFÉRÉ DANS LE GROUPE 1... IL EST SI DOUÉ QUE ÇA EN INFORMATIQUE ?
NOUS N'AVONS AUCUNE DONNÉE À CE SUJET.
SON ADMISSION À L'INSTITUT RÉSULTE DE SES ***PENCHANTS IDÉOLOGIQUES.***
IL S'ÉTAIT, EN EFFET, RALLIÉ À DES VERMINES DROIT-DE-L'HOMMISTES POUR S'OPPOSER À L'EXPULSION...
D'UN VIEILLARD DE SA BARRE D'IMMEUBLE QUI NE PAYAIT PLUS SON LOYER.
ENFIN BON, DEPUIS, CES DÉCHETS ONT ÉTÉ EXILÉS SUR L'ÎLE DE SAKHALINE.
QUANT À WATANABE, IL S'EST TOUJOURS CLASSÉ PARMI LES MEILLEURS ÉLÈVES EN INFORMATIQUE, ET ÇA, DÈS SON ENTRÉE AU COLLÈGE.

ÇA N'EN FAIT PAS UN HACKEUR PROFESSIONNEL POUR AUTANT, JE ME TROMPE ?
SAKAMOTO, LUI, EST ARRIVÉ ICI PARCE QU'IL S'ADONNAIT À LA MUSIQUE INTERDITE, VISIBLEMENT...
SON PÈRE ÉTAIT UN ACTIVISTE ANTI-GOUVERNEMENTAL...
EMPRISONNÉ POUR TRAÎTRISE, IL EST MORT DURANT SA DÉTENTION.
VLIP
HU HU...
SI JE COMPRENDS BIEN, SAKAMOTO ET WATANABE PARTAGENT LES MÊMES PENCHANTS SÉDITIEUX...
GLUB
INTÉRESSANT...
LES VOIR S'ENTRETUER SERA UN SPECTACLE...
HUN
À NE SURTOUT PAS MANQUER !

JE COMPRENDS TON POINT DE VUE.
MAIS PERSO, JE FAIS PAS CONFIANCE À WATANABE.
MÊME SI C'EST TON POTE, C'EST PAS LE MIEN !
POU... POURQUOI TU DIS ÇA ?
T'ÉTAIS LÀ, NON ? T'AS BIEN VU QU'IL ÉTAIT PRÊT À DONNER SA VIE POUR SAUVER NINOMIYA !
PARCE QUE C'ÉTAIT ELLE ! ÇA N'AVAIT RIEN À VOIR AVEC CE JEU !
POUR DIRE LES CHOSES CLAIREMENT, WATANABE FAIT PARTIE D'UN AUTRE GROUPE... CE QUI FAIT DE LUI NOTRE ENNEMI !

NINOMIYA ET TOI ÊTES PEUT-ÊTRE DES AMIS À SES YEUX...
MAIS, MOI ET KINUGASA, C'EST UNE AUTRE HISTOIRE... IL POURRAIT PENSER QU'ON VEUT SE RAPPROCHER DE LUI POUR LUI FAIRE LA PEAU.
CE QUI FAIT QU'IL POURRAIT TRÈS BIEN VOULOIR NOUS TUER, LUI AUSSI.
ET JE NE PARLE MÊME PAS DES AUTRES MEMBRES DE SON GROUPE.
HÔJÔ, SURTOUT. N'OUBLIEZ PAS CE QU'ELLE A DIT À NINOMIYA.
JE VOUS FERAI PAYER ÇA, CROYEZ-MOI !
...
ELLE EN VOULAIT AUSSI À KUNIMITSU... J'ESPÈRE QU'IL VA BIEN...
VOP
VOP
MAIS OUI, NE T'INQUIÈTE PAS... ILS N'ONT AUCUN INTÉRÊT À SE SÉPARER DE LUI...
!
UN MEMBRE EN MOINS, ÇA LES AFFAIBLIRAIT BIEN TROP.

SÉRIEUX... T'ES VRAIMENT PRÊT À PARTICIPER À CE JEU DÉBILE...

...
QU'ON LE VEUILLE OU PAS, EST-CE QU'ON AURA VRAIMENT LE CHOIX SI ON TOMBE SUR UN GROUPE DÉTERMINÉ À NOUS FAIRE LA PEAU ?
ET À TUER LES MEMBRES DES AUTRES GROUPES ?
D'AILLEURS, DIS-MOI...
SI QUELQU'UN TENTE D'ÉLIMINER HAYASAKA, TU FERAS QUOI ?

C'EST VRAI, ÇA... COMMENT JE RÉAGIRAIS...
SI ON S'EN PRENAIT À ELLE ?
VAP
TUER OU ÊTRE TUÉS, EST-CE LE SEUL CHOIX QUI NOUS RESTE ?
MWIP
MWIP
MAIS A-T-ON LE DROIT D'ÔTER LA VIE ? EST-CE UNE CHOSE PARDONNABLE ?
GNUP
VUP
EUH...
DITES...
IL FAUT QUE JE VOUS PARLE...

J'AI... J'AI OUBLIÉ UNE CHOSE IMPORTANTE AU LYCÉE...
IL FAUT ABSOLUMENT QUE J'EN TROUVE AILLEURS... C'EST IMPÉRATIF...
IMPÉ-RATIF ?
ZUP
...
MOI, JE DOIS FAIRE DES EM-PLETTES.
MES VÊTEMENTS SONT COU-VERTS DE SANG, IL FAUT QUE J'EN CHANGE.
T'AS LE TEMPS DE VENIR AVEC MOI ?
OUI... AUCUN SOUCI !

AU SUPER-MARCHÉ ?
ÇA URGE VRAIMENT ? ON DEVRAIT PLUTÔT FAIRE PROFIL BAS...
TU VAS PAS T'Y METTRE AUSSI ! VOS DÉGAINES PEUVENT ATTENDRE UN PEU, NON ?
MOI, JE SUIS PARTANT ! CETTE TENUE EST À GERBER, J'AI ENVIE DE ME CHANGER...
SUR CE COUP-LÀ... KINUGASA M'ÉTONNE...
CERTAINS TRUCS DE FILLES NE PEUVENT PAS ATTENDRE.
MERCI, NINOMIYA...
DE RIEN... ENTRE NANAS, FAUT BIEN S'ENTRAIDER.

AH, JE VOIS... EST-CE QUE JE M'EXCUSE ?
NON, PAS LA PEINE...
BON BAH, DIRECTION LE SUPER-MARCHÉ.
ON FAIT COMMENT, GRAND CHEF ?
...
QUELQU'UN D'UN AUTRE GROUPE...
POURRAIT BIEN TENTER...
DE TUER HAYASAKA OU L'UN D'ENTRE NOUS.
MAIS S'IL ATTAQUE UN GARS DU GROUPE...
OU PIRE...
S'IL S'EN PREND À HAYASAKA...
ÇA POURRAIT MÊME ÊTRE KUNIMITSU COMME L'A DIT MIZUHARA...
NON, C'EST PAS SON GENRE ! ENFIN, IL AURA PEUT-ÊTRE PAS LE CHOIX...

ALORS JE
M'INTERPOSERAI...

RESSAISIS-TOI, KUNI-MITSU…
UTILISE PLUTÔT TON TALENT POUR SAUVER TOUT LE MONDE…
OUI, JE L'ARRÊTERAI.
EN TANT QUE CHEF, JE DOIS PROTÉGER TOUT LE MONDE.
OK, DIRECTION LE SUPER-MARCHÉ.
MAIS ON FAIT SUPER GAFFE.
ET ÇA, QUITTE À MOURIR À LEUR PLACE.

BIEN, JE VOUS RAPPELLE UNE DERNIÈRE FOIS LES RÈGLES.
LA DURÉE MAXIMUM DU JEU SERA DE 7 JOURS (168 HEURES).
SI AU TERME DE CETTE ÉCHÉANCE, PLUSIEURS GROUPES SONT ENCORE ACTIFS, VOUS SEREZ TOUS EXÉCUTÉS.
DE PLUS, S'IL N'Y A PAS AU MOINS UN MORT PAR TRANCHE DE 24 HEURES, UN MEMBRE DE GROUPE SERA TIRÉ AU SORT ET MOURRA SUR-LE-CHAMP.

CHAQUE GROUPE DISPOSE D'UN PISTOLET ET DE DEUX FUSILS AUTOMATIQUES.
VOUS TROUVEREZ, DANS VOTRE ÉQUIPEMENT, DEUX CHARGEURS DE RÉSERVE POUR CHAQUE ARME.
VASH
POUR LES VIVRES ET AUTRES PRODUITS DE NÉCESSITÉ, VOUS DEVREZ VOUS FOURNIR VOUS-MÊMES EN MAGASIN. ET MÊME SI CELA REVIENT À COMMETTRE DES VOLS, SACHEZ QUE RIEN DANS LE RÈGLEMENT DU JEU NE L'INTERDIT.
POUR CE QUI EST DES MUNITIONS, L'APPLICATION CARTOGRAPHIQUE VOUS INDIQUERA LES POINTS DE RAVITAILLEMENT QUI SERONT RÉAPPROVISIONNÉS À INTERVALLES IRRÉGULIERS.
FOP
BIEN ÉVIDEMMENT, VOUS POUVEZ ÉGALEMENT VOUS EMPARER DES ARMES D'UN AUTRE GROUPE LORS D'UN AFFRONTEMENT.
FLAP
FLAP
FLAP
DADAP
DERNIÈRE CHOSE TRÈS IMPORTANTE...

SI ON FRANCHIT CETTE INTERDICTION, ÇA DÉCLENCHERA LES PUCES EMPOISONNÉES IMPLANTÉES EN NOUS, VISIBLEMENT.
ET LE MÊME SORT NOUS ATTEND SI ON TENTE DE QUITTER L'ÎLE OU D'ENTRER DANS UN BÂTIMENT GOUVER-NEMENTAL.
VA FALLOIR SE GRAVER CE MAUDIT RÈGLEMENT DANS LE CRÂNE...
TIENS... C'EST QUOI, CETTE APPLI ?
AH, CELLE-LÀ ? EH BIEN...
OH !

JE VOIS LE SUPER-MARCHÉ !
LIFE TOWN DAITÔ
DAITO
LES ENVIRONS SEMBLENT DÉSERTS.
ALLONS-Y, D'UNE TRAITE !

JE ME DEMANDE OÙ SONT PASSÉS LES HABITANTS DE L'ÎLE…
LE RULE BOOK NE MENTIONNE AUCUN ABRI…
GW''
SI ÇA SE TROUVE, ILS SE TROUVENT SOUS L'INSTITUT AVEC LE RESTE DES ÉLÈVES…
ROLL
ROLL
ROLL

FSSSH
Y A L'AIR D'AVOIR PERSONNE...
LES VÊTEMENTS, C'EST AU DEUXIÈME, C'EST ÇA ?
OUI.
BIEN, ALLONS-Y !
DASH
DADADADAP

AYON DES UNIFORMES SCOLAIRES
Y A UN SACRÉ CHOIX ! ON VA POUVOIR SE FAIRE PLAISIR !
ON N'AURA QU'À PAYER PLUS TARD, NON ?
DÉCIDÉMENT, T'ES UN ÉTERNEL OPTIMISTE, KINUGASA !
DÉSOLÉS DE VOUS DÉCEVOIR, MAIS ON VA METTRE DES UNIFORMES.
DES UNI-FORMES ?!
PAS CON, COMME IDÉE... LES UNIFORMES D'AUJOURD'HUI, C'EST DU COSTAUD EN PLUS...
CE SERA LE MEILLEUR MOYEN POUR SE RECON-NAÎTRE.
ET PUIS, ON EST SÛRS DE TROUVER LA BONNE TAILLE...
DES UNIFORMES DE COLLÉ-GIENS...
CE SERAIT PAS MAL, NON ?
ÇA PER-METTRAIT DE SE DIF-FÉRENCIER D'UN GROUPE QUI AURAIT OPTÉ POUR L'UNIFORME DU LYCÉE.
MOI QUI AIME LES FRINGUES À LA MODE, JE SUIS SERVI...
MMH ?!

FWSSH
...
GRAB
J'AI RÊVÉ, OU BIEN...
ÉCOUTEZ, ON N'EST PEUT-ÊTRE PAS TOUT SEULS ICI...
ALORS, MAGNEZ-VOUS DE CHOISIR VOS FRINGUES ET ON DÉGAGE !
VITE, VENEZ VOIR !!
DASH
QU'Y A-T-IL ?!
RE-GARDEZ ÇA...

CE N'EST PAS UNE DE NOS TENUES !!
?!
PAM
LIFE TOWN DAITÔ

BATTLE ROYALE
ENFORCERS

ÎLE-CAMPUS (HOGAKURE)

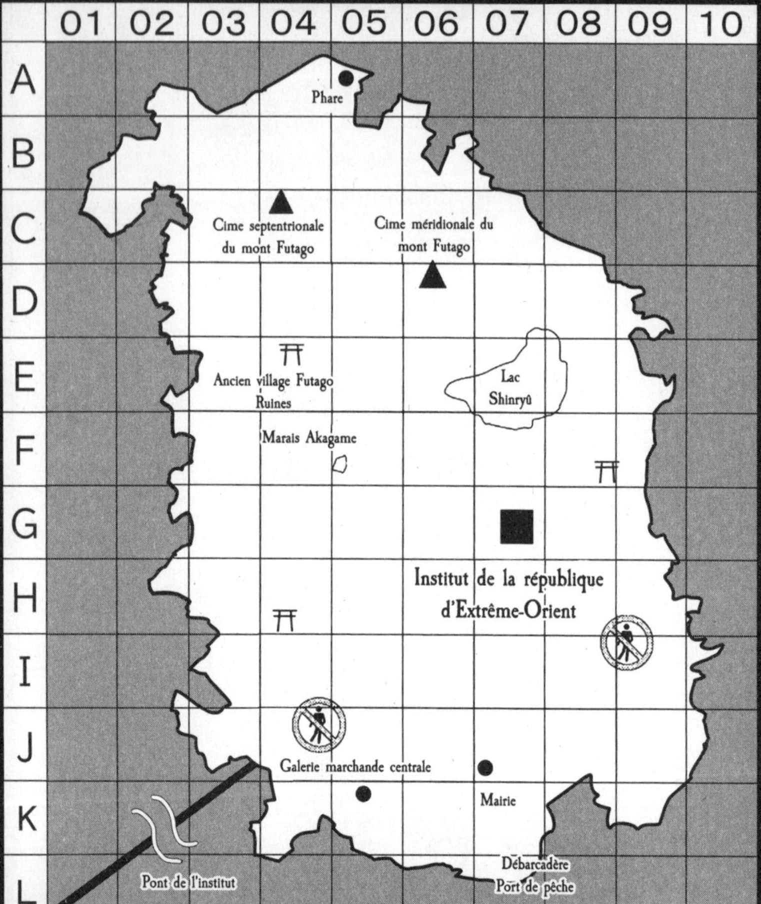

Chapitre 5
FIOUH ...
ÇA NE SE FAIT PAS DE S'ÉCLIPSER EN DOUCE, MAIS JE N'AVAIS PAS LE CHOIX...
C'ÉTAIT TROP GÊNANT DE LEUR DIRE...
LEAF
Ultra douceur
Pour des nuits paisibles
FLAP

VOILÀ, AVEC ÇA, JE SUIS TRAN-QUILLE.
CLAM
HEIN ?
BON, JE VAIS VITE REJOINDRE LES AUTRES AU 1ER, SINON ILS RISQUENT DE S'INQUIÉTER…
TOC
TOC
BOBOM
QUI EST-CE ?
Chapitre 5
Brouillage radar

BOBOM
HAYA-SAKA…
BOBOM
BOBOM
C'EST MOI… NIIGAKI, DU GROUPE 5…
BOBOM
HEIN ? NIIGAKI ?!
BOBOM
TU PEUX M'OUVRIR ?
BOBOM
HEIN ?!
EUH, OUI…
BOBOM
BOBOM
MINUTE ! ELLE FAIT PARTIE D'UN AUTRE GROUPE !!
ET DÉSORMAIS, ON EST CENSÉES NOUS… ENTRE-TUER !
BOBOM
JE T'OUVRE…
BOBOM
ZRAAT

らくらく
CHUUT ...
Groupe 5 (Groupe Kogure)
Niigaki Ayumi
O... OUI...
CHUUT...

TOUT VA BIEN, REGARDE.
JE N'AI PAS D'ARME.
EN FAIT, J'ÉTAIS AU 1ER TOUT À L'HEURE.
QUAND J'AI VU TON GROUPE ARRIVER, J'AI PANIQUÉ.
ALORS J'AI UTILISÉ L'APPLI DE BROUILLAGE...
AH, CELLE QUI PERMET À UN JOUEUR DE DISPARAÎTRE DU RADAR DURANT 10 MINUTES, C'EST ÇA ?
OUI, ET ÇA M'A PERMIS DE ME CACHER.
ON NE PEUT L'UTILISER QU'UNE FOIS, NON ?
JE N'APPARAIS PAS SUR VOTRE TABLETTE, PAS VRAI ?
BAH... JE L'AI CONFIÉE À NINOMIYA, ALORS JE PEUX PAS TE DIRE...
MAIS C'EST VRAI QUE TOUT À L'HEURE, LE RADAR N'INDIQUAIT QUE NOUS CINQ...
TIENS, REGARDE ...

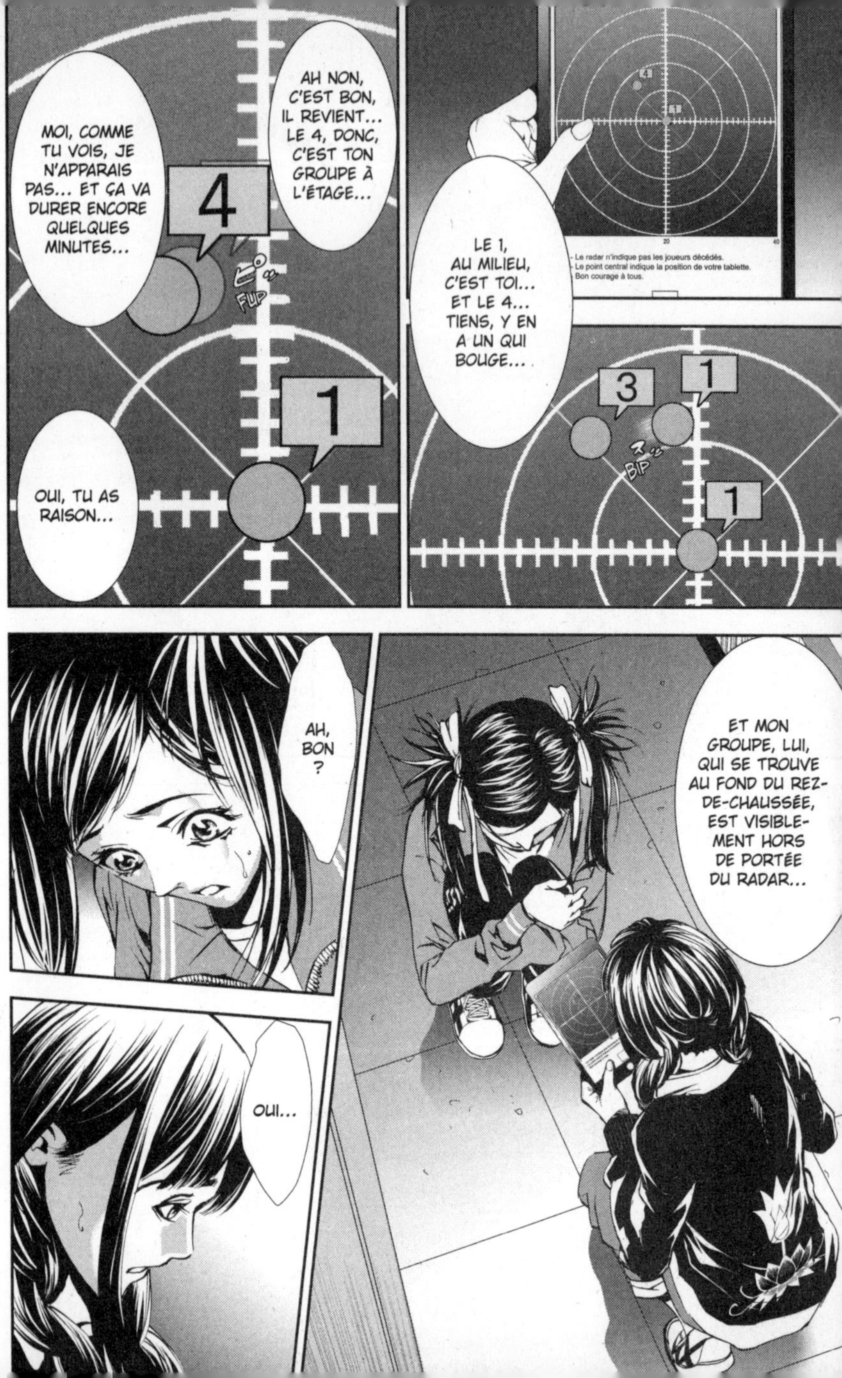
- Le radar n'indique pas les joueurs décédés.
- Le point central indique la position de votre tablette.
Bon courage à tous.
LE 1, AU MILIEU, C'EST TOI... ET LE 4... TIENS, Y EN A UN QUI BOUGE...
3
1
1
BIP
AH NON, C'EST BON, IL REVIENT... LE 4, DONC, C'EST TON GROUPE À L'ÉTAGE...
MOI, COMME TU VOIS, JE N'APPARAIS PAS... ET ÇA VA DURER ENCORE QUELQUES MINUTES...
4
FUP
1
OUI, TU AS RAISON...
ET MON GROUPE, LUI, QUI SE TROUVE AU FOND DU REZ-DE-CHAUSSÉE, EST VISIBLEMENT HORS DE PORTÉE DU RADAR...
AH, BON ?
OUI...

DU COUP, POUR ÉVITER QUE NOS GROUPES SE CROISENT, IL FAUDRAIT QUE LE TIEN QUITTE CET ENDROIT.
SI VOUS VOULEZ RÉCUPÉRER DE QUOI MANGER OU AUTRES, REVENEZ PLUS TARD.
PARCE QUE DANS MON GROUPE, COMMENT DIRE... CERTAINS SONT UN PEU EN PANIQUE... DONC BON...
D'AC-CORD...
DÉSOLÉE DE T'AVOIR FAIT UTILISER CETTE APPLI.
AUCUN SOUCI !
SI ÇA A PU ÉVITER UNE CONFRON-TATION, ÇA VALAIT LE COUP !
MON GROUPE QUITTERA BIENTÔT CET ENDROIT.
VOUS, SORTEZ ET ATTENDEZ UN PEU À L'ÉCART... COMME ÇA, NOS GROUPES S'ÉVITERONT ET TOUT IRA BIEN...
D'AC-CORD ...
SUPER.

DIS... ÇA ME DONNE UNE IDÉE...
ET SI, TOI ET MOI, ON ESSAYAIT DE FAIRE COLLABORER NOS DEUX GROUPES ?
HISTOIRE DE S'ENFUIR DE CETTE ÎLE, TOUS ENSEMBLE.
ON POURRAIT JOUER LES MESSAGÈRES, TOUTES LES DEUX, ET ÇA, JUSQU'À CE QU'UNE CONFIANCE MUTUELLE S'INSTALLE.
SAKAMOTO, MON CHEF DE GROUPE, SERA SÛREMENT D'ACCORD.
OK... JE TE PROMETS RIEN, MAIS BON...
C'EST VRAI QUE SI ON Y ARRIVE, CE SERA TOP !
AH, AU FAIT...
SAKAMOTO A DIT...
PAM

?!
?!
DES COUPS DE FEU ?!
MAIS ON N'ENTEND AUCUN CRI... QUE SE PASSE-T-IL ?!
HAA
HAA
HAA
Groupe 5 (Groupe Kogure)
Kitabatake Teruyuk
À QUOI TU JOUES, BORDEL ?!
J'AI VU QUELQU'UN PASSER DEHORS ! BAISSEZ-VOUS !

VUP
IL N'Y A PAS UN CHAT.
EN PLUS, NOUS VOIR DE L'EXTÉRIEUR EST TRÈS DIFFICILE, JE PENSE.
MAIS BON, S'IL Y A UN AUTRE GROUPE PAS LOIN, ILS SAVENT OÙ ON EST MAINTENANT.
LES DÉTONATIONS ONT DÛ S'ENTENDRE DE LOIN.
Chef du Groupe 5
Kogure Kenji
JE TE PROMETS QUE J'AI VU QUELQU'UN !
DE TOUTE FAÇON, ON A TOUT CE QU'IL NOUS FALLAIT, ALORS MIEUX VAUT DÉCAMPER D'ICI EN VITESSE.
NIIGAKI EST ALLÉE SE CHANGER, ELLE N'EST PAS ENCORE REVENUE.
C'EST TOUJOURS ELLE QUI A LA TABLETTE, NON ?

AYON DES UNIFORMES SCOLAIRES
VOUS AVEZ ENTENDU ÇA ?!
C'ÉTAIT TOUT PRÈS… ÇA VENAIT D'EN BAS, NON ?!
IL Y AURAIT UN AUTRE GROUPE DANS LE BÂTIMENT ?!
BON, RÉFLÉCHISSONS… S'ILS ONT TIRÉ, ÇA PEUT VOULOIR DIRE DEUX CHOSES…
SOIT C'EST UN LOUPÉ, SOIT ILS ONT ENGAGÉ LE COMBAT CONTRE UN AUTRE GROUPE.
Groupe 8 (Groupe Sakamoto)
HAYASAKA, LA TABLETTE !
FLIP
HEIN ?! POURQUOI C'EST TOI QUI L'AS ? OÙ EST HAYASAKA ?
PRÉPARE-TOI AU COMBAT AVANT DE PENSER À ELLE !
HAYASAKA EST DESCENDUE AUX TOILETTES.
J'AURAIS DÛ L'ACCOMPAGNER, C'EST MA FAUTE…

LÀ, C'EST NOUS !
ET LÀ, C'EST HAYASAKA.
Si on la voit, c'est qu'elle est en vie, non ?
VISIBLEMENT...
IL Y A UN AUTRE GROUPE, DANS LE FOND.
SI ON VEUT SAVOIR CE QUI SE PASSE, IL VA FALLOIR DESCENDRE...
ET POUR NOTRE ALLIANCE ?
C'EST REMIS À PLUS TARD, VISIBLEMENT.

ガラッ
VRAAT
そぉ
FOP
キョロ
ZYEUT
キョロ
ZYEUT
JE RETOURNE AVEC MON GROUPE, FAIS ATTENTION À TOI !
AH, ET S'IL TE PLAÎT… J'AIMERAIS QUE TU PASSES UN MESSAGE À SAKA-MOTO…
"MERCI DE TON SOUTIEN DANS LA SALLE DE CLASSE !"
D'AC-CORD.
SOIS PRUDENTE, TOI AUSSI !
FIOUH…

J'AI ÉTÉ NAÏVE…
IL SUFFIT D'UNE PETITE ERREUR, ET ON SE RE-TROUVE EN DAN-GER DE MORT…
DIS-CUTER AVEC UN AUTRE GROUPE, CE N'EST PAS SI FACILE QUE ÇA…
ET MAINTE-NANT…
À CAUSE DE MA CONDUI-TE IRRÉ-FLÉ-CHIE…
JE METS TOUT LE GROUPE EN DAN-GER…

DAP
ZUP
DAP
?
C'EST TOI, NIIGAKI ?
TU VOULAIS ME DIRE AUTRE CHOSE ?
FWUIT
BTOM
NIIGA...

BWIISH
KYAAA-AAAAAAA!
DADAP
HAYA-SAKA!
...
FAP
FIIISH
FIIIISH
AH...
AH...

HAYA-SAKA, RELÈVE-TOI !
VUP
GNUP
NII... NIIGA-KI...
FLIP
ELLE EST MORTE, Y A PLUS RIEN À FAIRE...
ÇA VA, TU PEUX MARCHER ?
DOP
OUI...
CHANK
TOUT LE MONDE DEHORS, VITE !!

NIIGAKI…
LA PAUVRE, QUELLE HORREUR…
DAP
C'EST DONC ELLE QUI ÉTAIT VISÉE PAR LE COUP DE FEU DE TOUT À L'HEURE…
DAP
UNE BALLE PEUT VRAIMENT FAIRE UNE BLESSURE PAREILLE ?
HAA
HAA
BANG
HAA

ZIIM
ビくっ

C'EST NIIGAKI QUI A CRIÉ ?
NON, ÇA LUI RESSEMBLAIT PAS !
ET MERDE... C'EST QUOI, CE BORDEL ?!
FWSH
Groupe 5 (Groupe Kogure)
Fujisaki Tôru
VOOSH
ZUP

BANG
FUJI-SAKI ?!
VLOW
AH...
AH...
AH...
CHANK
AH...

AAA-
AAAA-
AAAAAA-
AAAA...
AAA-
AAAA-
AAAAAA-
AAAH !!
RA
TA
TA
TA
TA
TA
TA
BASH
TA
TA
TA
TA
TA
NGH...
TANAKA,
PAR ICI !
GRAB

KITABA-TAKE, AMÈNE-TOI ! ON SE TIRE !!
DASH
DADAM
YAAAAAAAH !! JE VAIS TOUS VOUS CREVER !!
DAP
HAA
HAA
HAA
HAA
DAP
HAA
CHINK
GYAAH !
BAM
BAM
BAM
BAM
BAM
BAM

COURS, TANAKA !
ET MERDE !
CLIK
CLIK
CLIK
DADADADAM
BASH!
GWAAH ...
DADAM
BASH
BASH
DADAM

KO-
GURE
!!
OUARGH !
VLAM
NGH...
TANAKA...
SAUVE-
TOI !
JE
T'EN PRIE,
T'ARRÊTE
PAS !
KO-
GURE
...
BASH
BASH
HAA
LA
VACHE
...
HAA
HAA
ÇA FAIT
PAS DU
BIEN...
HAA
JE... JE
DOUILLE
MÊME
SÉVÈRE...
HAA
HAA
HAA
HAA
HAA
FWOF

BOBOM
HAA
HAA
HAA
...
BOBOM
DAP
NGH...
DAP
BOBOM
DAP
DAP
BOBOM

LA... LA RUMEUR COMME QUOI... TU SORTAIS DE L'ARMÉE...
C'ÉTAIT VRAI, ALORS...
HEIN, MAKIBE ?
Groupe 3 - Chef
Makibe Ryûto
Battle Royale Enforcers Vol.1 / Fin

Institut de la république d'Extrême-Orient – Section lycée

Liste des élèves de 2de F - 21 garçons 21 filles Total 42

LES SIRÈNES RETENTISSENT À NOUVEAU SUR L'ÎLE...
ウ
WIIIIIIIIIII
ウ
ウ
ÇA RECOMMENCE...

LA TENSION MONTE D'UN CRAN ! UN 2E VOLUME À NE PAS RATER !!
ENCORE CES FOUTUES SIRÈNES…
LE JEU VA ENFIN DÉVOILER SA VÉRITABLE NATURE !

Il ne doit en rester qu'un !

Une classe de troisième est sélectionnée pour le programme Battle Royale. Le principe est simple : les élèves doivent s'entretuer jusqu'à ce qu'il n'en reste qu'un !
Le roman, violent et dérangeant, a donné naissance à son propre genre grâce à son adaptation en film, devenu culte.
Ce manga aborde les contradictions du Japon moderne et de ses adolescents qui refusent le schéma tout tracé de leurs aînés. Au travers d'un jeu cruel, c'est l'évocation du malaise d'une génération qui domine ce titre exceptionnel, toujours pertinent aujourd'hui.

Série terminée en 8 volumes

COLLECTION SEINEN
SOLEIL MANGA
BATTLE ROYALE
KOUSHUN TAKAMI & MASAYUKI TAGUCHI
ULTIMATE EDITION

PROLONGEZ L'EXPÉRIENCE
SOLEIL MANGA

REJOIGNEZ
@EDITIONS_SOLEIL_MANGA
SUR INSTAGRAM !

Soleil Manga
6/8 Rue Léon Jouhaux
75010 Paris - France
manga@soleilprod.com

www soleilmanga.com

Facebook.com/EditionsSoleilManga

@Soleil_manga

BATTLE ROYALE -ENFORCERS- Vol. 1

First published in 2022 by Akita Publishing Co., Ltd., Tokyo.
French translation rights arranged with Akita Publishing Co., Ltd.
through The Kashima Agency.

Conception graphique :
Studio Delcourt/Soleil
Traduction : Arnaud Delage
Lettrage : Studio Charon
Dépôt légal : Septembre 2024
ISBN : 978-2-302-10257-6
Impression : Ercom - Italie

6/8 rue Léon Jouhaux
75010 Paris - France